秋の腕

日笠芙美子

思潮社

秋の腕

日笠芙美子

思潮社

目次

装幀＝思潮社装幀室

秋の腕

春のめまい

I

芽吹こうとするものが
這い出ようとするものが
かたちあるものになろうとして
動きはじめている
土は臨月のお腹を抱えている

ふいにめまいに襲われる朝

身をよじらせて
目じりに涙をためて
吐いた
つぎつぎに吐いた

かたちないものをあるものに
かたちあるものをないものに
霞かかった地鳴りのように
芽吹きはじめる言葉たち

地に足を踏んばり
両手をひろげて
押し寄せてくる痛みに
ひとり耐えている

2

リビングの床に打ち上げられた
ながい藻のように
流れ着いた蛇は
いつからか
わたしの内に棲みついている

耳の奥から
遠い波の音が打ち寄せる
蛇がわたしを脱ぐとき
わたしが蛇を脱ぐとき
海鳴りのようにやってくる

めまいの季節
あえぎながら脱いだ
わたしたち

春の息吹のなか
ひとすじの緑の蛇が
泳いでいくのを見送った

届く

ストン　と
小さな音がして
わたしのなかに落ちた
五月の手紙

（青臭い指先が匂う）

庭も　窓ガラスも　わたしも
みるみる緑に染まって

むせかえる若葉の
いのちの輝きのなかで
歓びの声をあげている

(今のこの時を)

ヒラヒラ　と
白いスカーフが
五月闇を漂っている

(手を振るように)

ひとり静かに
深い谷を渡って逝った

ふわり　とわたしの胸の上に
舞い落ちてきたうすい一枚の
言葉よりも確かなもの

（いつかまたどこかで）

まぶしい光のなかには
たっぷりと豊かな闇がある
生も死もつつまれて

（遠くから届けられる）

むこう岸

橋をいくつか渡ると
夕暮れがくる

おかえりと
灯りをともす
遠い呼び声のような
家がある

内にも外にも雨が降ってきて

橋をひとつ濡れて渡る
夜の水田で鳴く蛙たち
家は声に包まれて
虚空に在る
母も食卓も柱も
みんなどこに行ったのだろう
わたしはいつも遅れた

平泳ぎの手探りで
橋をまたひとつ揺れて渡る

車のライトが照らす
夢の草むら

おおきな哀しい牛の目が
体の上に落ちていて
身動きできない
わたしは泳ぎ方を覚えなかった

朝方
電話を鳴らすひとがいて
むこう岸から眼が覚める

橋は架かりつづけ
川はふたつの岸を映して
流れていく

夏の一夜の

夜のひとところに
淡いひかりが射している
だれだろう立っているのは
ひと群れのススキのように

なまぬるい風が吹いて
一瞬のゆらぎに
整列した人たちの姿が見える
まっすぐな視線と姿勢の

身じろぎもしない立ち姿の
あれはセピア色の父のアルバムの中の
出陣する若者たちの写真の
いつか見た一枚だったのだろうか
見届ける間もなく闇に消えた

いきなり電話が鳴る
もしもし
応答なしの受話器の向こうから
スコールのような銃弾がふってくる

いつだって突然にくる
逃げまどう恐怖も

生きたいという願いも
やみくもに走って走った

ここはどこだろう
生と死のあわいのような原っぱに
待ってもだれも還ってこない
一人生き残ったのだろうか

寝苦しい夏の一夜には
一本のススキになって
わたしは立っていたりする

海をゆく

一日中
背中で波音がして
島ひとつない大海原をゆれている
地球はどこまでも丸く
宇宙の果てまでいけそうな気がする

背骨の固さをゆるめ
身をまかせている
わたしは少しずつかたちを洗われて

何になるのだろう

夜の海を運ばれて
クラゲのように漂っている
いのちが透けて見えてくる
体の奥が明るんでくる
やわらかい透明なたましい

夏の日
友人と船旅をした

北の海は凪いでいて
どこまでも静かだった
あれから

わたしはどこか傾いていて
耳から海水をこぼしたりしている

通り過ぎた
航跡はどこにも残っていない
過敏なわたしの三半規管は
今も
ゆれてひとりあの海をゆく

八月の真夜中

闇のなかに
ぼうっと灯りをともしている
蛍ランプ
あおい光に誘われて
草や水のにおいが立ち上がる

あっ蛍
だれの声だったのだろう

枕元から廊下から
リビングのカーテンから
一匹　二匹と舞い上がり
あそこに　ここに　明滅する光

子供の声で追いかけて行く
あっちの水も
こっちの水も
甘くて苦いぞ
辛くて酸っぱいぞ
廊下のような川の向こう
川のような廊下の向こう

何に動かされて行くのだろう

夢のなかに
裸足で逃げてきた女も
夜のなかを
出たり入ったりしているわたしも
豆粒ほどの蛍も

八月の真夜中の
スイッチを押すと
蛍ランプは消えて
部屋に灯りがつく
読みかけたままの本も
メガネやパソコンも
夜のしじまのなか

わたしは水辺から
まだ帰れないでいる

秋の腕《かいな》

まっすぐな線を
肘から手のひらに向けて
引いたのはだれだったのだろう
ふかい溝のような切り口
こうして秋はやってくる

切り口の隙間から
茎や白い傘をのばして
エノキ茸が生えている

なぜ
真っ赤な彼岸花でなく
すっきりしたススキでもなく
血も涙もない茸なのか

暑かった夏の残渣の
夢のなかに
一本の切り株のように
わたしの右腕を置いてきたが

血管が透けて見える
うすい皮膚の内側にも
出来事は詰まっていて
朝方の激しい風と雷雨に

翻弄されたに違いない

深まる日
わたしの腕は黄褐色に色づいて
異質なものと育っていく

晴れた日に

どさっ　と
一本の樹木のように倒れた
最後に見たものは
ひろがる午後の青い空
（ふるさとの庭の上の）

だんだん翳っていく
薄暗いシベリアの雪原
やがて

漆黒の闇に覆われた
（やっと忘れられる）

満州の逃避行も
ロシア兵の銃口も
ラーゲリの労働も
生き延びた男の
足元を一瞬にすくったのは
（いちまいの落ち葉）

なにも見えない
なにも聞こえない
天を仰いだまま
流れ出していく歳月

（松の実ひとつ残さない）

薄皮いちまいの生と死から
帰還した男は
多くを語らず
農夫として生きた
米の収穫を終えた晴れた日に
ふいに逝った
（忘れられた男たちと）

胸の戸口

夜の空を赤く彩っては
つぎつぎに
地上に落ちてくる

炸裂する火花
逃げまどうくろい影たち
ひかりを避けながら
暗がりのなかを
一緒に逃げた人びとは

どこに行ったのだろう

もうだめだ
息も絶え絶えに走っている
わたしは誰なのだろう

コトン　と
胸の戸が開く音がして
一瞬のあかりのなかに
二人の男が立っている
吐く息がしろい

生き伸びた者だろうか
死んだ者だろうか

若い兵士のような
理髪師のような
なにもわからないまま
闇のなかに消えた

夜にポツンと
灯りのように
わたしが残った

焼かれる街から
ずっと歩いてきた　と
見知らぬ誰かの胸の戸口に
わたしはいつか立つだろう

ラムネ瓶あるいは空

声を押して
身をよじらせて
夜の中に生み落とした
青いガラス玉
濡れて光っている

ふいに睡魔がおそってきて
落ちている
いや転がっているのかもしれない

夜の底だろうか
果てだろうか

どこへ　と
耳元でささやいた声は
レモンがかすかに匂って
夜明け前には帰っていく

寝返りを打つと
炭酸水のような水がこぼれて
もう戻らない
底でもない
果てでもない中空へは

まっすぐな生粋のガラス玉
長い夜を抜ければ
手の切れるような青だ

抜けたよ　と
喉を鳴らして
どこまでも深くひろがっていく

夜がメガネをかけている

秋の庭の
テーブルの上に
わすれられている眼鏡

闇が眼鏡をかけて
眼鏡が闇をかけて
のぞきあっている
見るものは見たと
まだ何も見ていないと

見えるものと見えないものと
その境は
透明なレンズのようなもの
在るのか無いのか
くらやみで問いかけている

少し厚めの　少し色のついた
遠近両用のわたしの眼鏡
部屋中を探しまわっても
見つからなかったものは
夜の庭の一部として出てくる

言葉も　物の輪郭も　遠近法も

ぼやけて見えない
今夜はつめたく湿った
薄いレンズになっている

虫の音がはたと止んで
だれかがのぞいている

猫がいた

稲の切り株のあいだ
猫がまるくなって
こちらを見ている

晩い秋の日差しのなか
視線があって
一瞬の時間がつながる
わたしが猫で　猫がわたしで

ふっと
目をそらしたのはわたし
遠い日
わたしを猫だと呼んで
面白がっていた人がいたが

猫声で呼びかけてみる
もうどこにもいない
本当に猫はいたのだろうか
そこに薄茶色の猫がいた
光る目があった　と
言葉だけが残っている

切り株は連なって

冬に向かっていく

濃霧注意報が出た夜
家も田圃も　線路も川も
わたしも
もうどこにも属さない
白く深い霧のなかで
鳴いているのは
猫だろうか
風だろうか

朝の月

明け方の鏡のなか
薔薇の花が咲いている

夜の名残りのような
ひとかかえほどの青い薔薇は
澄んだ冷気のなかで
はりつめている

今朝は

わたしでないものに
魅入られている

鏡のほとりには
ガラスコップや歯ブラシ
ハンドソープや口紅
使い慣れたわたしのものたち

ほとばしる水で
顔を洗いながら濡れた手で
なんども鏡を拭ってみる
自分の顔がない

「その踏み切りをわたって」

真夜中の
あの声はわたしだったが
ガラス一枚へだてた
薔薇の声だったのかもしれない

薔薇が匂う今朝は
顔のないわたしが
空にかかっている

冬の手紙

木枯らしが窓をたたく夜
陸橋の上で
あのひとが手をふっている
見なれた細身の影をゆらして
知らないそこから
この窓まで

ひと足ひと足
筆力も深くなって

足跡も　窓も
遮断機も　稲の切り株も
濃い霧につつまれて
どこにいるのかわからなくなる

生きることは
そこはここですか
ここはそこですか　と
今夜は文字も酔っぱらって
ふらふらと
ここそこを
行ったり来たりしている

川面には氷が張って

羽音も聞こえない
飛び立ったヒヨドリたちは
南の地にたどり着いただろうか

霧がはれても闇
「闇はすごい」
どこからか低い声がする
缶ビールをもう一本開けて
ここもそこも
さびしい清さのなかにある

二月

降りた霜が
朝陽にきらきら輝いている
澄みきった夜からの
ひとときの贈り物
稲の切り株も　畑の大根も
土も　わたしも
両手を合わせて頂いている

外に豆をまく

棲みついた鬼も蛇も
出て行ってくれない
ときおり腕や尻尾が見え隠れする
内に豆をまく
しずかに呼吸を整えて待つが
福はなかなか入って来ない
足音と掛け声で通り過ぎる
鬼も　福も　わたしも
歳月の豆を
分かち合って頂いている

夜半
空の奥から
雪が降ってくる

屋根に　胸の上に
庭の石に　草木の上に
朝の戸口を開けると
浅い足跡の春が立っている
わたしの足跡をそっと載せて
二月の命を頂いている

*

吊り橋——水の家 1

道は
まっすぐではなかったけど
楽しかったよ
森や川の匂いをさせて
長い散歩から
父の声が帰ってくる
古びた戸口をがたがたさせて

台所で母が

コトコト大根を切っている
あわせてその母も
人参を切っている
あわせてその母の母も
葱を切っている
色とりどりの野菜や母たちで
コトコトコトコト　お帰りなさい

子供たちは
前だけ向いて走っていく
父や母を追い越して
世界を蹴って走っていく
足は風になり
風は道になり

どんどん走っていく
あんなに遠くで手をふっている

あおい山のあいだ
揺れる吊り橋をわたる
遠く近く水音がして
胸までいっぱいになってくる
水の家がある
ひんやりと祖母の乳房が揺れている

菜の花——水の家 2

コップ一杯の水を飲んで眠る
胸に手をおいて

脈うつ流れに
水かさが増して
やわらかいくるぶしが
沈んでいる
小さな赤いワンピースが
花のようにたゆたっている

春先のゆるんだ水底から
ふいに浮き上がってきたものを
掬い上げて
胸に抱くと
止まっていた時間が流れ出す

あああ
泣き声をあげて
水の中から引き上げられたのは
目を覚ましたわたしだったのか
三歳のわたしだったのか

遠くまで流れてきた気がするが

ずっと沈んでいたのかもしれない

夜明けちかくの胸底には
温まらないひとところがあって
ひんやりとした石が
指先にふれる

朝の台所で
とおい日の　ままごとの
菜の花を刻んでいる

祈り——水の家 3

折り紙でつるを折る
いち日はすぐに暮れて
窓辺には
とべないつるたち
庭の木々をゆさぶって
もうすぐ風がやってくる

ごはんだよう
いつものように呼ぶ声がして

戸口には
ほたるみたいな灯りがともる
ただいま　おかえり
もうすぐ声たちが帰ってくる

夜の帳で
鳴いているかえるたち
部屋の内から外から
みちてくる水
からだをまるめて
もうすぐ何かが生まれてくる

胸底から
ふいに上がってくる

あの家に
まだ
たどりつけない

声——水の家　4

水に抱かれ水を抱いて
おまえは眠っている
やわらかいからだが
藻のように揺れている

だれが呼んだのだろう
あのまどろみから
ぽっかりと浮かび上がった時
世界はどっと

おまえの小さいからだに流れ込み
おののき　震えて
泣き止まなかった

水に抱かれ水を抱いて
わたしは眠っている
ほの暗く　あたたかい
どこよりも深いあの場所で

おまえがわたしを呼ぶのか
わたしがおまえを呼ぶのか
閉じても閉じても開く
蒼い牛の目のように

流れ過ぎた時間があって
時間は数えきれない凸凹があって
ここまで来た気がするが
おまえはわたしを生きたのだろうか
わたしはおまえを生きたのだろうか

ふいに目覚める真夜中
再びの声で
水は問うてくる

コオロギ——水の家　5

キンモクセイが匂ってくる
縁側に
座布団がふたつ
並んで置かれて在る

庭のキンモクセイも大きゅうなったなあ
今年の稲の出来具合はどうなんじゃろ
隣の息子に孫ができたそうじゃ
祖母と父が

お茶を飲みながら話している
久しぶりに帰ってきた声を
短い秋の陽が暖めている

さらさらと水の流れる音がして
湯飲み茶碗も座布団も
廊下も障子も
とっぷりと暮れて
祖母も父も帰っていった

だれもいなくなった家の奥で
コオロギが鳴いている
澄んだ音色で
呼び合っている

花の匂いが濃くなって
家は
虫の声であふれてくる

梁——水の家 6

ざらりとしたものが
足の上を横切っていく
いっぴきの細い蛇だ

川の辺に
父が植えた
古い無花果の木の下
指を濡らして
もぎたての果肉の

つぶつぶの甘さを味わっていたとき

それは
一瞬に草むらに消えた
光る背中と尻尾を見せて
蛇だったのか
父の気配だったのか
白昼夢だったのか

めざめると
足先から水があふれている
みるみる全身を呑まれて
流されていく
いっぴきの水になって

ここはどこだろう
蒼い水の家がゆれている
窓も戸口も開けたまま
百年　二百年が過ぎるところ
ふっと水がゆるむところ

軒下ふかくに
夏の抜け殻を脱いで
梁の影から
緑の水の尾を引いて流れ出る

あらたな五感に
秋が漲っている

あとがき

夢と現実の間を行ったり来たりして私の詩は生まれてくる。

夢の中で現実を生きている。現実の中で夢を生きている。

内なる私の宇宙は小さいが、覗けば深く、謎にみちている。

そしてさらに大きな宇宙が私の宇宙をつつんでいる。それは果てしなくどこまでも広がっていて、育てられている私がいる。

　これからどこまで行けるだろう。

八冊目の詩集です。作品は「舟」「ネビューラ」「詩と思想」等に発表したものですが、一冊にまとめるにあたり一部を推敲したり改題したものもあります。

励ましてくださった詩友の方々、お世話になりました思潮社の藤井一乃様、心から感謝申しあげます。

二〇一二年初夏

日笠芙美子

日笠芙美子（ひかさ・ふみこ）

一九四二年　岡山県に生まれる
一九七五年　詩集『馬もえる』詩の会・裸足
一九七九年　詩集『樹・夜の腕に』詩の会・裸足
一九八五年　詩集『浮き巣』詩の会・裸足
一九九〇年　詩集『エルが駆けてくる』手帖舎
一九九七年　詩集『夜を充ちて』レアリテの会
一九九九年　詩画集『むらさきが丘に来ませんか』詩の会・裸足
二〇〇六年　詩集『海と巻貝』砂子屋書房　第十八回富田砕花賞・第七回中四国詩人賞
二〇〇九年　詩集『夜の流木』砂子屋書房
二〇一二年　エッセイ集『土への祈り』日本文教出版株式会社

所属
「舟」「ネビューラ」同人
日本現代詩人会　日本詩人クラブ　中四国詩人会　岡山県詩人協会

現住所
〒七〇一－〇三〇三　岡山県都窪郡早島町前潟三五七－四